MICHEL CARRÉ

LES
YEUX CLOS

PIÈCE EN UN ACTE, EN VERS

D'après la Légende japonaise

DE

M. FÉLIX RÉGAMEY

Musique de scène de CHARLES MALHERBE

PARIS

PAUL OLLENDORFF, ÉDITEUR

28 bis, rue de Richelieu, 28 bis

1896

LES YEUX CLOS

PIÈCE EN UN ACTE, EN VERS

Représentée pour la première fois à Paris sur le Théâtre national de l'Odéon, le 26 Novembre 1896.

MICHEL CARRÉ

LES

YEUX CLOS

PIÈCE EN UN ACTE, EN VERS

D'après la Légende japonaise

DE

M. FÉLIX RÉGAMEY

Musique de scène de CHARLES MALHERBE

PARIS

PAUL OLLENDORFF, ÉDITEUR

28 bis, rue de Richelieu 28 bis

—

·1896·

PERSONNAGES :

SAÏTO, poète ambulant . . . . . MM. Henri MONTEUX.

Le Docteur YAKAMASCHI . .   SIBLOT.

O HANA, chanteuse des rues . . Mlle CHAPELAS.

POUR LA MISE EN SCÈNE

s'adresser à M. DHERBILLY, régisseur général au Théâtre de l'Odéon

LES YEUX CLOS

PIÈCE EN UN ACTE, EN VERS

Un site agreste aux portes de Tokio. C'est la fin d'une belle journée de juin. Au premier plan, des pins somptueux et de jeunes bambous. A droite, un talus d'herbe verte au pied d un rocher. Des roseaux, non loin de là, cachent un ruisseau qui chante. A gauche, parmi les camélias en fleurs, une statue de Kouannon, la bonne déesse.

Au second plan, les usines de Tokio, dont les cheminées vomissent de la fumée et découpent leurs silhouettes sur la colline.

SCÈNE I

SAÏTO. — O HANA

Saïto et O Hana entrent par le fond. Ils sont très pauvres tous les deux, mais ils s'aiment. Ils sont heureux.
O Hana est aveugle.
Son âme voit tout en rose idéal, à commencer par le beau Saïto qu'elle imagine doué de tous les charmes.
Ils s'avancent lentement, enlacés.

O HANA

Où sommes-nous ?

SAÏTO

Dans le grand bois peuplé d'oiseaux,
Parmi les pins géants et les frêles roseaux ;
N'entends-tu pas le gazouillis de la fontaine ?

O HANA

Mon oreille perçoit une rumeur lointaine
Dont l'écho vague et doux en mon âme répond.

SAÏTO

C'est Tokio, la ruche énorme du Japon,
Qui bourdonne ; la voix hurlante des usines
Agite l'air pesant des montagnes voisines,
Et tout à l'heure va se perdre comme un chant
Aux rayons embrasés du grand soleil couchant.

O HANA

Quelle teinte a le ciel aujourd'hui ? bleue, ou rose ?

SAÏTO

Bleue !

O HANA

     Une couleur claire et tendre... qui repose,
N'est-ce pas ? la lueur du rêve... dis un peu ?...
Définis-moi le bleu...

SAÏTO, cherchant ses mots.

     Le bleu... mais... c'est... c'est bleu !...

O HANA, déçue.

Oui, sur ta lèvre meurt la phrase commencée...
Les mots sont impuissants à rendre la pensée !...
Je ne verrai jamais le bleu de l'infini !...

Amoureusement, à Saïto.

Mais, puisque j'ai l'amour, que le ciel soit béni !

Saïto baise son front.

Je suis lasse.

SAÏTO, l'entraînant doucement vers le talus de gazon, à droite.

     Je vais guider tes pas dociles.
Suis-moi ; près du rocher, sous les bambous graciles.

Kouannon qu'en priant jamais tu n'oublias,
Nous a fait un berceau de blancs camélias.
Donne ton samisen; posons notre bagage.
Au soir tombant, les bois parlent un doux langage,
Nous les écouterons, joyeux et reposés,
Et jaserons d'amour en cueillant des baisers!

O HANA, se levant.

Je sens un doux parfum de fleurs dans l'herbe tendre.
Mon œil ne les voit pas, mais je crois les entendre.
Elles m'appellent... oui... c'est là... de ce côté!

Elle veut y courir, Saïto l'arrête.

SAÏTO

Laisse-moi les cueillir, ce sont des roses-thé!

O HANA, tendant la main.

Donne!

SAÏTO, à part.

Otons-en d'abord les épines rebelles!
Haut.
Prends!

O HANA, qui respire les roses.

Ces fleurs, Saïto, doivent être bien belles!
Leur feuille a, sous les doigts, la douceur du satin
Et le parfum subtil des brises du matin.

SAÏTO, l'entourant de ses bras.

Une senteur qui grise est partout répandue,
Un calme reposant plane sur l'étendue,
Le murmure de la fontaine est plus discret
Et les esprits du Rêve habitent la forêt!
Rêvons d'amour! Goûtons cette exquise paresse!

O HANA, les mains posées sur le front de Saïto.

Je ne sais ta beauté que par une caresse!

Je le vois ton front vaste, et tes yeux je les vois,
Je comprends ton amour au trouble de ta voix,
Et, dans tes bras puissants quand mon corps s'abandonne,
Je devine ta bouche aux baisers qu'elle donne.

SAÏTO

Je t'aime, chère enfant candide, et je bénis
Les dieux compatissants qui nous ont réunis.

Il la fait asseoir sur le banc de gazon.

O HANA

Seule, dans le néant de ma nuit désolée,
Le cœur las de souffrance et l'âme inconsolée,
Tous les jours, devant moi tendant mes faibles mains,
Je marchais au hasard par les mêmes chemins.
Avec mon samisen (1) et sa chanson légère,
J'attirais quelquefois la pitié passagère
De ceux qui se disaient, devinant mes sanglots,
Quelle est donc cette enfant aux grands yeux toujours clos ?
Un matin, des parfums flottaient sous la feuillée,
Le gai printemps semait de fleurs l'herbe mouillée,
Et du sol entr'ouvert sous la tiédeur du jour,
Montait vers le ciel calme un long soupir d'amour.
J'étais assise au bord du sentier, sur la mousse,
Un fluide léger, une chaleur très douce,
Enveloppaient mon être, et j'écoutais, rêvant,
Le chant des rossignols que m'apportait le vent,
Afin d'en recueillir l'harmonie incertaine,
Lorsque ta voix, d'abord indécise et lointaine,
Vint réveiller l'écho dans les bois somnolents
Et donner une forme à mes rêves troublants.
Tu disais dans tes vers la fête des cerises
Et le mont Saumida caressé par les brises,
Où, sous la voûte en fleurs des arbres parfumés,
Les beaux samouraï rêvent près des mousmés.
Tandis que me berçait ta chanson printanière,
Une larme tomba de mes yeux... la dernière !

(1) Prononcez : SAMESINE.

Je cessai de souffrir et, durant un moment,
Mon cœur endolori s'apaisa doucement.
Mais quand s'évanouit la... vision si tendre,
J'eus peur de rester seule et de ne plus t'entendre,
Et, ce fut un instinct de mon âme... qui sait?...
Je tendis mes deux bras au bonheur qui passait.

SAÏTO

Je t'ignorais encore, et déjà fiancées,
Nos âmes se cherchaient par delà nos pensées,
Car, lorsque je te vis, toi qui ne voyais point,
Je crus te reconnaître et n'allai pas plus loin.

O HANA, douloureusement.

Étrange cruauté des dieux qui m'ont fait naître,
Je t'aimerai toujours sans jamais te connaître !

SAÏTO, baisant ses paupières closes.

O ma douce O Hana, ces yeux, ces yeux aimés
Que j'embrasse, ces yeux resteront-ils fermés !
Non ! Kouannon aura pitié de nos alarmes
Puisque tes yeux éteints ont encore des larmes !

O HANA, souriant.

Je ne regrette rien et j'aime ma prison.
Je vis par ta pensée, elle est mon horizon.
Quand tu parles, tout près de toi, l'âme attentive,
J'écoute et ta parole ardente me captive ;
Je cherche à te comprendre et tout ce que tu vois
Prend sa forme en moi-même et s'anime à ta voix !
J'existe en un pays né de ta fantaisie,
Où tout est bonheur pur, printemps et poésie !
Ce que tu me décris s'embellit à tes yeux,
Et, le voyant pour moi, tu me le dépeins mieux ;
Je connais notre bois dans ses moindres allées,
Je te suis à travers les monts et les vallées,
Et je fais éveillée un songe sans pareil ;
Mais, si je ne peux voir tout l'or de ton Soleil,

La nature est pourtant plus belle dans mon rêve,
Car le mien dure encor lorsque le tien s'achève !

SAÏTO

Le seul rêve éternel que mon cœur peut former,
C'est de vivre pour toi, sans cesse de t'aimer !
N'es-tu pas le rayon parfumé de mon âme !

O HANA

Oui, je suis comme un peu de toi qui serait femme !

SAÏTO

Tu es celle qu'on doit adorer à genoux !
Je t'adore ! Youri, s'il s'intéresse à nous,
Ce dieu d'amour, qui fait le printemps et les roses,
Portera ma prière au ciel et, dans les proses
Que j'inscrirai sur le papier de l'éventail,
Je dirai ses bienfaits, sans omettre un détail,
Sa bonté, le parfum qu'il met parmi les branches,
Et lorsque tu joindras tes petites mains blanches
Pour prier Kouannon, qui n'a jamais souri,
Il lui dira tout bas, le joyeux Youri,
En caressant ton front, d'en écarter les voiles,
Et de laisser tomber dans tes yeux deux étoiles !

O HANA

Que ce jour sera beau !

SAÏTO

Je les voudrais très grands,
Profonds comme la mer, tes yeux, et transparents
Comme elle; je voudrais que leur clarté rieuse
Fût caressante, et leur douceur mystérieuse !

O HANA

Moi, je ne fais qu'un vœu, puisque je t'appartiens,
C'est que leur doux regard soit le reflet des tiens !

SAÏTO, gaiement.

En attendant que le destin nous favorise,
Voyons ce que contient ce sac de toile grise !

Il ouvre son sac.

O HANA

J'ai faim !

SAÏTO

Asseyons-nous, là, près de ces roseaux,
C'est l'heure; nous allons faire un repas d'oiseaux !

O HANA, battant des mains.

Que ce sera gentil !

Ils prennent place sur une natte que Saïto étale sur le sol.

SAÏTO, à part.

Un fruit !... pas davantage !...
C'est un maigre dîner, s'il faut qu'on le partage !

Haut.

Tiens !

Il donne le fruit à O Hana.

O HANA

Je vais t'en donner la moitié !

SAÏTO

Cœur charmant !

O HANA, tout en mordant à belles dents dans le fruit.

N'est-ce pas que c'est bon ?

SAÏTO, feignant de manger.

Bon ! c'est exquis !

O HANA

Gourmand !

SAÏTO, à part.

Ah ! pour la contenter, que n'ai-je une parcelle
De cet or que Sado, la grande île, recèle !...

L'Empereur du Japon, qui commande au destin,
Ne pourrait lui servir de plus royal festin !

Donnant à O Hana l'autre moitié du fruit.

Prends !... il en reste encore ! Allons, chère endormie,
Tendez-moi gentiment votre bouche, ma mie,
Ce morceau... puis cet autre... encore... et celui-là !...

Il la fait manger.

O HANA

Ah ! Saïto, le bon déjeuner que voilà !

Saïto l'embrasse.

Verse-moi vite à boire !

SAÏTO, *se levant.*

Oui, permets que j'explore

Notre léger bagage ; il doit rester encore
Un doigt de Saké !

Il prend la gourde et la soulève. — Il la retourne.

Non !

O HANA

Puise un peu de cette eau
Dont la source limpide est au flanc du coteau !
Sa chanson de cristal flotte sous la feuillée !

Saïto se baisse au long du ruisseau et puise de l'eau dans ses deux mains réunies.

SAÏTO, *se penchant vers elle.*

Bois au creux de ma main !

O HANA

Oh ! me voilà mouillée !...
L'eau glisse entre tes doigts et glace mes genoux !

SAÏTO

Maladroit !

Il embrasse les genoux de O Hana.

O HANA, se levant.

Que fais-tu, Saïto, levons-nous!...
Si quelqu'un survenait !

SAÏTO

Les forêts indiscrètes
Abritent trop d'amours pour les garder secrètes !
Et le vent qui passait a déjà dit aux monts,
Aux plaines, aux ruisseaux, combien nous nous aimons!

Il l'embrasse.

O HANA

O le traître !

SAÏTO

As-tu peur de mes baisers, méchante!

O HANA, tendant la joue.

Encore un... le dernier! Veux-tu que je te chante
La chansons des mousmés qui n'aiment pas?... tu sais...

SAÏTO

Ces vers que j'écrivis et dont je te berçais !

O HANA, assise à gauche sous les fleurs.

Donne mon samisen !

Saïto lui apporte la guitare japonaise.
O Hana en tire quelques accords.

Lorsque la corde vibre
Sous mes doigts, quand le son s'envole dans l'air libre,
Je sens autour de moi comme un effleurement
Des choses, et des voix me parlent doucement.

Elle chante.

Dans le gai cerisier rose,
Petit rossignol aimé,
Chante moins fort, ma mousmé
Sous l'arbre repose !

Laisse-la donc reposer,
Je l'éveillerai moi-même,
En lui disant que je l'aime,
Avec un baiser !

L'heure d'amour est passée,
Petit rossignol aimé,
Chante encore, ma mousmé
De moi s'est lassée !

Pour un beau samouraï,
Et pour l'or que ses mains sèment,
Raconte à tous ceux qui s'aiment
Qu'elle m'a trahi !

Elle continue à promener ses doigts sur les cordes. Saïto l'écoute d'abord, charmé, puis quand la voix d'O Hana cessé de se faire entendre, il s'avance lentement vers la statue de Kouannon, frappe trois fois dans ses mains, s'agenouille, lève les bras vers elle et se prosterne le front dans la poussière.

Musique très douce.

SCÈNE II

SAITO, — O HANA. — Docteur YAKAMASCHI

Le docteur Yakamaschi, savant japonais, barbe grise. costume bizarre, entre par la droite, lisant un livre de science. Il surprend Saïto en prières.

YAKAMASCHI, s'arrêtant.

Un homme prosterné devant un bloc informe !...
Il prie !

Haussant les épaules.

Et l'on nous dit : Le monde se transforme !
La science a banni la stupide oraison !

SAÏTO, interrogeant la statue.

Rien... toujours rien !

YAKAMASCHI

Voilà qui confond la raison !

S'approchant.

Eh ! l'homme, que fais-tu ?

SAÏTO, levant la tête.

Vous le voyez, je prie !

YAKAMASCHI, railleur.

Prier !... Tu crois encore à cette momerie ?

SAÏTO, se redressant.

J'ai confiance en la déesse !

YAKAMASCHI

Espères-tu
Que cette pierre inerte aura quelque vertu,

Et qu'elle exaucera tes vœux ?

SAÏTO

Oui ; je l'espère !

YAKAMASCHI, riant.

J'ai le temps ; j'attendrai que le charme s'opère !

SAÏTO, songeur.

Et pourtant, j'ai prié vainement Kouannon,
Elle reste inflexible et m'a toujours dit non !

YAKAMASCHI

Tu retardes ; les Dieux ne rendent plus d'oracles,
Et seule la science accomplit les miracles !
Pourquoi te confiner dans ton obscurité ?
Lis ce livre ! C'est là que luit la vérité !
Au lieu de te courber le front dans la poussière,
D'adorer de faux Dieux à l'image grossière,
Dirige savamment ton esprit vagabond,
Tu sauras le secret des choses !

SAÏTO

A quoi bon !
Je ne suis qu'un poète et n'ai qu'un but sur terre,
C'est de chanter les Dieux !

YAKAMASCHI, furieux.

Je te ferai bien taire !

Renversant la statue de Kouannon.

Au diable ton Idole et son pouvoir trompeur !

SAÏTO, prosterné.

Sacrilège !

O HANA, tendant les mains vers Saïto

Qui donc blasphème ainsi? J'ai peur,
Saïto !...

SAÏTO, se relevant et la serrant contre lui.

Ne crains rien !... Les Dieux que l'on outrage
Ont lu dans nos deux cœurs !

YAKAMASCHI

Beaux rêves d'un autre âge !
Mais quelle est cette enfant qui détourne les yeux !

SAÏTO

C'est pour elle, à genoux, que j'implorais les cieux !
Telles deux faibles fleurs jamais encore écloses,
Etoiles sans clarté, ses paupières sont closes !

YAKAMASCHI

Aveugle ?

SAÏTO

Cette enfant triste qui me charma
N'a jamais vu le mont sacré... Futziyama !
Elle n'a jamais vu la fleur qui la parfume,
Ni le lever d'aurore à l'horizon qui fume.
Et si les Dieux, prenant pitié de mon souci,
N'abaissent point sur nous leur regard adouci,
Et si cette journée encore et la suivante
Et d'autres jours, hélas ! ma prière fervente
Implore leur secours sans l'obtenir jamais,
Elle se soumettra comme je me soumets !

YAKAMASCHI

Poète, ne dis plus : « Prions ! que le Ciel m'aide ! »
Le penseur philosophe a trouvé le remède !
Pas de prière vaine, et d'inutiles mots,
Désormais la chimie a le secret des maux !
    Un peu hésitant et cherchant ses mots.
C'est une théorie humaine et positive
Qui dirige l'effort de la pensée active !
Et la Raison, guidant l'Etre civilisé,
Lui montre le néant d'un culte méprisé !
La liberté de l'homme apparaît lumineuse,

Plus son savoir grandit, plus l'abîme se creuse
Entre cet Inconnu que nul mot ne décrit
Et le réel sublime ouvert à notre esprit !

SAÏTO

Tais-toi, car je veux croire, et ta froide science,
En m'enlevant la foi trouble ma conscience !
Ne blesse pas, avec ton savoir triomphant,
L'âme heureuse d'un simple et celle d'une enfant.
Pauvres et délaissés, puisque Bouddha l'ordonne,
Nous payons de chansons le pain que l'on nous donne ;
Elle chante les vers que l'amour m'inspira...
Et sans chercher comment ce destin finira,
Sans vouloir deviner l'insoluble problème,
Je sais qu'elle m'adore, elle sait que je l'aime,
Que nous aurons toujours l'herbe pour nous asseoir,
L'eau pour boire et le bois pour y dormir le soir !

O HANA

Et moi, pour consoler les êtres misérables,
Je crois qu'il est des Dieux cléments et secourables,
Qui, dans un temps, ayant résolu d'être bons,
Exauceront les vœux des oiseaux vagabonds.

SAÏTO

De nos cœurs inquiets, passant, je le redoute,
Tu chasserais l'espoir en y mettant le doute !

YAKAMASCHI, exaspéré.

Me croiras-tu pourtant, seras-tu désarmé
Si je rends la lumière aux yeux de ta mousmé ?

O HANA

Que dit-il ?

SAÏTO

Tu feras ce miracle ?

YAKAMASCHI

Je l'ose !

O HANA, les mains jointes.

Oh ! pouvoir soulever cette paupière close !

SAÏTO, à Yakamaschi.

Prends garde !... Crains le Ciel qu'on ne saurait braver !
Car si tu nous trompais...

YAKAMASCHI

Je prétends la sauver !

SAÏTO

Qui donc es-tu ?

YAKAMASCHI

Je suis moins que tes Dieux ! un homme !
Docteur Yakamaschi, c'est ainsi qu'on me nomme ;
Je ne suis ni sorcier, ni diable, ni devin !

Tirant un flacon minuscule de sa ceinture.

Mais ceci... fera mieux que ton pouvoir divin !
Ah ! j'ai longtemps marché par les routes arides,
Vois, ma barbe est chenue et mon front a des rides ;
Le peu que j'ai trouvé, sur ce chemin ardu,
M'a coûté cinquante ans de labeur assidu,
Mais aujourd'hui, je suis maître d'un grand domaine !
J'ai le secret des maux de la nature humaine,
Et fier du beau savoir que je sus acquérir,
En me moquant des Dieux je m'amuse à guérir !
Je suis un vieux savant doublé d'un philanthrope,
Le bruit de mes bienfaits grandit jusqu'en Europe,
Et pour me consulter, sur mille cas divers,
On vient à Tokio du bout de l'Univers.
Prends donc ma drogue, au lieu de parler à des pierres,
Et pour que cette enfant soulève ses paupières,
Baigne-les doucement et ses longs cils aussi,
C'est son premier regard qui te dira merci !

O HANA, avec une joie débordante.

Saïto ! Saïto ! je n'ose pas y croire !
Te voir, voir le soleil, sortir de ma nuit noire,

Voir mes fleurs et le ciel, et la terre sans fin !
Tout ce qui vit, respire et chante ! Voir enfin !

YAKAMASCHI à Saïto, lui tendant le flacon.

Prends !...

SAÏTO, refusant.

      Non ; je n'ose pas ! c'est quelque sortilège !
Et Kouannon nous punirait du sacrilège !

O HANA

Saïto, s'il dit vrai pourtant !...

YAKAMASCHI, allant à O Hana.

        Prenez ma main,
Chère enfant ; on ne peut croire sans examen,
Et puisque ce rêveur tremble...

SAÏTO

       C'est que je l'aime !

YAKAMASCHI

Je m'en vais essayer de la guérir moi-même.

Il fait asseoir O Hana.

O HANA

Je ne souffrirai pas ?

YAKAMASCHI

      Confiez-vous à moi !

Il débouche le flacon et commence à mouiller
les paupières de l'aveugle.

O HANA

Saïto, mon cœur bat !

SAÏTO

     Apaise ton émoi !

Il s'approche.

YAKAMASCHI, brusque.

Ne parlez pas et soyez calme ; tout à l'heure
Vous me remercierez, ô poète !

O Hana porte la main à ses yeux et éclate en sanglots.

SAÏTO

Elle pleure !

O HANA

C'est de joie ! Et pourtant, si j'allais ne pas voir !

SAÏTO

Quelle angoisse...

YAKAMASCHI

Attendez pour nier mon pouvoir !

O HANA

Ah ! je n'ose écarter les mains de mon visage !

YAKAMASCHI, prophétique.

Ne doutez plus !... Voyez !

O Hana s'est levée et a fait quelques pas indécise.

SAÏTO

Ineffable présage !
Prodige merveilleux ! O Hana... me vois-tu ?

O HANA, qui entr'ouvre les yeux.

Saïto... Saïto !...

SAÏTO

Sa paupière a battu,
Elle entr'ouvre les yeux !... ô puissance éternelle,
Elle voit... le regard jaillit de sa prunelle !

O HANA, le regard fixe.

Oui, Saïto, je vois ! l'ombre s'évanouit,
La lumière m'inonde et le jour m'éblouit !

Comme en extase.

Dans le rayonnement de sa clarté nouvelle,
L'horizon s'élargit, l'univers se révèle !
Délivrée à jamais d'un long et froid sommeil,
Mon âme, ivre d'azur, monte vers le soleil,
Et c'est si beau le Ciel immense qu'il décore,
Que je ferme les yeux pour les ouvrir encore !

   SAÏTO, *se courbant devant Yakamaschi.*

Elle est sauvée, et je le dois à ta bonté,
J'embrasse tes genoux !

    YAKAMASCHI, *riant.*

     Fais à ta volonté !

    SAÏTO, *se relevant.*

Toi, Kouannon, déesse inclémente et glacée,
Je ne te prierai plus, car ton heure est passée !
L'homme désabusé s'abaisse en te servant !
  A Yakamaschy.
Notre seul Dieu, c'est toi !

     YAKAMASCHI

      Je ne suis qu'un savant !
  O Hana écoute toujours immobile.
Aimez-vous, puisqu'il faut, paraît-il, que l'on s'aime,
Mais faites-le germer le bon grain que je sème !
Le progrès, chaque jour, trace un sillon nouveau,
Suis-le !... Mais grave bien dans ton jeune cerveau
Qu'en ce monde, pétri d'une infime matière,
La science est un champ qui n'a pas de frontière,
Et qu'il faut mépriser comme inutile et bas
Tout ce qui n'est pas elle et n'en découle pas !
Adieu !
        Il s'éloigne.

    Ô HANA, *qui l'a suivi des yeux, reculant.*

  Quel est cet être affreux ?

SAÏTO

C'est un grand homme,
Celui qui t'a guérie !

O HANA, désappointée.

Ah !... C'est ça que l'on nomme
Un savant ?

SAÏTO, souriant.

Oui, c'est ça !

O HANA, à elle même.

Pendant qu'il nous parlait
Je rêvais son visage... il n'était pas si laid.
Mais je l'aime, celui dont la main généreuse
M'a donné la lumière !...

Se jetant dans les bras de Saïto.

Et je suis bienheureuse,
Saïto !...

SAÏTO, l'embrassant.

Ce passant sera béni par nous,
Qui, dans tes yeux si purs, mit un regard si doux !
Plonge-le dans le mien, j'y lirai ta tendresse !

Peureuse, O Hana, pelotonnée contre la poitrine de Saïto, a
relevé lentement les yeux et regarde son amant. Sur-
prise... peu à peu, elle se détache de lui et s'éloigne.

Pourquoi t'éloignes-tu ? Pourquoi fuir ma caresse ?

O HANA, à part.

Ah !... ce n'est pas ainsi que je l'avais rêvé !
Non !...

Elle secoue tristement la tête et cesse
de regarder Saïto.

SAÏTO, à part.

Son regard, sur moi, s'est à peine levé
Qu'il se détourne !...

Il va à elle.

         Eh bien ? te fais-je peur ? approche !
Dans tes yeux étonnés je lis comme un reproche,
Qu'as-tu donc ?

       O HANA, *gênée.*

      Ce n'est rien... vois-tu, tout me surprend,
Tout m'étonne...

       SAÏTO, *avec un triste sourire.*

    En effet !

       O HANA

        Je te croyais... plus grand !
Je te rêvais...

       SAÏTO, *presque à lui-même.*

    Plus beau !

       O HANA, *revenant à lui.*

       Pardonne-moi. Je t'aime !

       SAÏTO

Un peu moins que tantôt !

       O HANA

      Non ; mon cœur est le même
Et je suis toute à toi !

Avec une hâte fébrile.

      Mais dis vite, à présent,
Parle, ou donc sommes-nous ? Dieu, que c'est amusant
De voir !

       SAÏTO

    C'est le grand bois !

       O HANA

      Non, ne dis rien !... Ecoute,
Je veux me rappeler !

Elle court au fond.

     Près de nous, c'est la route

Ce long ruban qui court dans l'herbe et qui se perd?

SAÏTO

C'est la route.

O HANA

Voici la natte?... et le banc vert?
Et le rocher?... Comme la plaine est embrumée!

SAÏTO

Le soir tombe.

O HANA, suivant la fumée des usines qui passe sur Tokio.

Et là-bas... ce voile?

SAÏTO

La fumée
Des usines... tu me regardes en songeant?

O HANA

Je trouve l'horizon bien noir... le ciel changeant,
Les arbres attristés et la plaine morose!
Lorsque tu me parlais, je voyais tout si rose!

SAÏTO, vivement.

Parfois je te trompais... je me trompais aussi!
De ton âme il fallait éloigner tout souci!
Les poètes, c'est fait pour farder la nature!

O HANA

Que ne m'en faisais-tu la fidèle peinture!

SAÏTO, la serrant dans ses bras.

Qu'importe, oublions tout!... songeons à nous aimer!
O Hana, vois ces fleurs... je vais te les nommer,
Les blancs camélias, les pâles chrysanthèmes,
Les tendres myosotis... cueille-les, tu les aimes,
Et ces roses, semant au hasard leurs couleurs!

O HANA

Oui, je les reconnais à leur parfum... mes fleurs!

Elle cueille une rose.

Ah!... elles m'ont blessée!

       Elle retire vivement sa main.

    SAÏTO, *avec une gêne croissante.*

      Oui!... te voilà fâchée!...
La rose a, sous sa feuille, une épine cachée,
Et moi, pour éviter qu'elle te fit souffrir,
J'en arrachais l'épine avant de te l'offrir!

      O HANA

Je ne le savais pas!

      SAÏTO

     Attends que je la cueille!

  Il cueille une rose dont il enlève les épines
    et la tend à O Hana.

Vois!

    O HANA *prend la fleur et la porte à ses lèvres,*
     la fleur s'effeuille.

   Ah!... sous mon baiser, regarde... elle s'effeuille!

      SAÏTO

La fleur est frêle, et si légère que souvent
Sa vie est le jouet des caprices du vent!

      O HANA

Pauvre fleurette!... Encore un charme de mes songes
Dont la réalité me fait voir les mensonges!

        Un rossignol chante.

  Joyeuse.

N'entends-tu pas la voix de ce chanteur ailé
Dont la plainte fut douce à mon cœur désolé!
L'ototoguis... je n'ai jamais vu son plumage!...
Comme il doit être beau!

  Sans parler, Saïto lui montre l'oiseau
    perché sur un bambou.

      Quoi! c'est lui!... quel dommage!
Tu ne me trompes pas?

SAÏTO

A quoi bon, maintenant !

O HANA

Moi qui me figurais un oiseau rayonnant,
Drapé dans la splendeur d'un plumage superbe !
Il est gris comme l'ombre, et gros comme un brin d'herbe !

SAÏTO

Que te sert, o Hana, de t'attrister ainsi ?
Viens !
      Peu à peu la nuit est venue, le vent agite les grands arbres

O HANA

Je te vois à peine !... et le ciel s'obscurcit !

SAÏTO, l'attirant à lui.

Calme-toi, c'est la fin du jour !

                  A part.
           Elle est tremblante !

O HANA, effrayée, lui montrant le globe rouge
de la lune qui se lève.

Saïto !... vois... là-bas !... cette chose... sanglante
Qui monte à l'horizon, et, sans se ralentir,
Semble venir vers nous pour nous anéantir !...
Ah ! j'ai peur !...
          Elle se cache le visage aux plis de la robe de Saïto.

SAÏTO

C'est la lune... apaise ta détresse !

O HANA, le regardant.

La lune ?... chaque soir, en des vers pleins d'ivresse,
Pour charmer la veillée et chasser les ennuis,
Tu me le dépeignais le bel astre des nuits !...
Tu disais la douceur de sa clarté mouvante,
Et lorsqu'il m'apparaît sa lueur m'épouvante !.

SAÏTO, à part.

Hélas !

O HANA, affolée par la nuit.

Où donc est-il le souriant décor !
Comme tout devient noir !... Vais-je être aveugle encor !...
L'ombre devant mes yeux de nouveau s'est dressée
Et le vide effrayant se fait dans ma pensée !

SAÏTO, désespéré.

O Hana !

O HANA, douloureusement.

Saïto !

SAÏTO, à part.

Son visage est hagard !

O HANA

J'ai les yeux grands ouverts et n'ai plus de regard !
Plus je fixe la nuit plus son horreur augmente !

SAÏTO, à part.

Dieux ! comment apaiser le mal qui la tourmente !

Haut.

Non, c'est la douce nuit qui donne le sommeil.
Demain, tu verras naître à l'horizon vermeil
Le jour, qu'annoncera l'aurore coutumière,
Et tes yeux, en s'ouvrant, reverront la lumière.
C'est l'heure du repos pour tout être vivant,
Repose-toi, nous attendrons le jour levant !

O HANA, pelotonnée à l'ombre du rocher.

Non, je ne veux plus voir ni les cieux, ni la terre,
Dont tu ne m'aurais pas dévoilé le mystère
Si tu savais quel mal cruel j'ai ressenti,
Quand j'ai vu, Saïto, que tu m'avais menti !

Pourquoi naît-il le jour, si la nuit le profane ?
Pourquoi germe la fleur puisqu'un souffle la fane ?
De même que l'orage, éclatant au lointain,
Couvre d'un voile épais le soleil qui s'éteint
Et bientôt se répand en pleurs au sein des nues,
Un nuage, grossi de larmes contenues,
S'est formé sur mon âme et déborde à présent,
Noyant dans les sanglots mon cœur agonisant !

Elle pleure.

SAÏTO

O Hana !...

O HANA

Ne dis rien ! je ne peux plus te croire !
Tu donnais à mon rêve une forme illusoire,
Je souffrirai toujours, car je n'ai plus la foi,
Le désenchantement s'est emparé de moi !

SAÏTO, *suppliant.*

Ah ! ne me maudis pas, O Hana ! sois clémente !
Je t'aime !... par pitié ne crois pas que je mente !
Endors-toi doucement sous mon tendre baiser,
La nuit va disparaître et le vent s'apaiser !

O HANA

Le vent, dont tu disais la chanson dans l'espace,
Le vent, triste et mauvais, courbe tout quand il passe !
La nuit, dont tu chantais les charmes enivrants,
N'est qu'un gouffre peuplé de fantômes errants !
Et le bois endormi, que tu savais dépeindre,
Agite avec fracas des bras qui vont m'étreindre !
Non ! tout ce que j'ai vu me remplit de stupeur !...
Et je ne veux plus voir... je ne veux plus !... j'ai peur !...

Elle se laisse tomber sur le sol épouvantée.

SAÏTO, très doux, allant à elle.

O Hana !... dans mes yeux tu peux encore lire !
Regarde-moi ! L'amour va calmer ton délire !
Regagnons Tokio, quittons ce bois maudit.

O HANA, reculant.

Non !... ne m'approche pas, car mon effroi grandit !
Éloignes-toi !... Va-t'en !... le Saïto que j'aime,
N'a pas ces yeux luisants ni ce visage blême !
Je ne te connais pas, spectre, tu n'es pas Lui !
Et je suis seule encor dans l'éternelle nuit !

Elle se cache le front dans les mains.

SAÏTO.

O sommeil bienfaisant ! secours-moi, je t'implore !
Ses yeux, ses tristes yeux, viens doucement les clore,
Apaise les tourments dont son cœur est empli,
Et rends-lui l'espérance en lui donnant l'oubli.

O HANA, fermant ses paupières.

Saïto !...

SAÏTO

Dors en paix pauvre enfant désolée !
Puisses-tu t'éveiller joyeuse et consolée !

O HANA, rêvant.

Saïto !..

SAÏTO, la couvrant de son manteau.

Cher amour ! ferme tes yeux blessés,
Tant épris de lumière et si vite lassés !...
Elle s'endort !... Hélas ! le ciel fut implacable !
Fille de l'Idéal, le réel qui l'accable
A jeté dans son âme, en la venant meurtrir,
Un trouble si profond qu'elle n'en peut guérir !

Grâce à moi sa jeunesse ignorait la souffrance !
Je devais lui laisser toujours son ignorance !

Il la contemple.

A quoi peux-tu songer, ma petite mousmé ?
Au jour lointain où, sans me voir, tu m'as aimé
Dans ton rêve innocent d'immuable statue !
Ah ! je comprends pourquoi Kouannon s'était tue !

Le jour se lève peu à peu, et, dans une lumière mystérieuse, la statue de Kouannon se dresse de nouveau au milieu du feuillage. Saïto la voit et se prosterne.

Pardon, j'ai blasphémé Déesse ! j'ai péché,
Car mon esprit troublé de toi s'est détaché !
Je me repens ! pardon !... je te fus infidèle,
O Kouannon !... Un homme avait eu pitié d'elle !
Malgré toi la clarté du jour vint l'effleurer,
Ses yeux se sont ouverts, et ce fut pour pleurer !
Ah ! sois bonne !... rends-leur l'obscurité première !
Qu'ils demeurent toujours fermés à la lumière !
Le calme renaîtra dans son cœur éperdu,
Et nous retrouverons notre bonheur perdu.
L'horrible vision du monde et de la vie,
Les spectres menaçants dont elle est poursuivie,
Elle croira peut-être, aveugle de nouveau,
Qu'ils peuplèrent un soir la nuit de son cerveau !

Musique très douce. — Saïto se relève. — Le jour grandit.

O HANA, *s'éveillant.*

Où es-tu, Saïto ?

SAÏTO

La voilà qui s'éveille !

Se tournant vers la déesse.

Ah ! faites que ses yeux soient clos comme la veille !

Il court à elle.

Me voici ! — L'oiseau chante et le jour est levé !

O HANA, *encore frissonnante.*

Oh ! comme il faisait froid, et comme j'ai rêvé !

SAÏTO, joyeux, à part.

Un rêve ! La déesse a compris ma prière,
Et sa main secourable en fermant sa paupière
Déjà sur sa pensée a mis un voile épais !
Sois bénie !... O Hana va retrouver la paix !

O HANA, la paupière close, cherchant la main de Saïto.

Saïto !... Cependant j'ai vu... je me rappelle...
Ce n'était pas l'effet d'un rêve !

SAÏTO, à part.

Que dit-elle ?

O HANA

Ce savant qui voulait me guérir... et ces fleurs
Se fanant sous mes doigts ? Mes angoisses... mes pleurs ?
Toi-même, Saïto, je t'ai vu dans mon songe !
Et ce n'était plus toi !

SAÏTO, à part.

Je lui dois ce mensonge !

Haut.

Tu rêvais, O Hana !

O HANA.

C'est vrai ! j'entends ta voix,
Et je ne te vois plus !

Elle passe sa main sur le visage de Saïto.

SAÏTO

Cher amour !... tu me vois,
Comme hier, quand ta main caressait mon visage !

O HANA

Écoute, Saïto, ce doit être un présage !
Il ne faut plus prier les dieux de me guérir,
C'est qu'ils ne veulent pas, et que j'en puis mourir !

Je retrouve tes bras si forts où tu me presses,
Ton front vaste, tes yeux, ta bouche et les ivresses
De nos baisers ! C'est toi, que béni soit le jour,
J'ai retrouvé mon Saïto !

SAÏTO

Moi, ton amour !
La terre se réveille heureuse et reposée,
La fleur s'ouvre ! partout l'aube a mis sa rosée,
Déjà le soleil monte, au feu de ses rayons
Réchauffons notre amour comme les papillons.

O HANA, grisée.

Parle encore ! mon âme à ta voix s'extasie,
Et le monde n'est beau qu'avec ta poésie !

Ils repartent enlacés comme ils étaient venus.

FIN

2005. — PARIS. — IMP. Ve ÉTHIOU PÉROU, RUE DE DAMIETTE, 2, 4 ET 4 BIS

LIBRAIRIE PAUL OLLENDORFF
28 bis, rue de Richelieu, 28 bis

Théâtre de campagne, recueil de comédies de salon (8 séries ont paru). Chaque série, formant 1 vol. grand in-18, est vendue séparément. — Prix 3 50

Le Théâtre à la ville, recueil de comédies en un acte, par E. Ceillier, gr. in-18 . . . . 3 50

La Peur de l'être, comédie en 3 actes, par Emile Moreau et Pierre Valdagne (Menus-Plaisirs), in-18. 2 »

Théâtre du jeune âge, recueil de comédies enfantines, par Mme Bellier, 2 vol.; chaque vol. . . 3 50

La Paix du ménage, comédie en 2 actes, par Guy de Maupassant (Comédie-Française), 1 vol. in-18 3 50

Musotte, comédie en 3 actes, par Guy de Maupassant et Jacques Normand, 1 vol. gr. in-18 . . . . 3 50

« Allô! allô! » comédie en un acte, par Pierre Valdagne (Vaudeville), in-18 . . . . 1 50

Dans une loge, comédie en un acte, par Ludovic Denis de Lagarde (Déjazet), in-18 . . . . . 2 »

Entre amis, comédie en un acte, par Ludovic Denis de Lagarde (Gymnase), in-18 . . . . 2 »

La Comtesse Sarah, pièce en cinq actes, par Georges Ohnet (Gymnase), in-18 . . . . 2 »

Serge Panine, pièce en cinq actes, par Georges Ohnet (Gymnase), in-18 . . . . 2 »

Le Maître de forges, pièce en quatre actes et cinq tableaux, par Georges Ohnet (Gymnase), in-18. 2 »

Dernier Amour, pièce en 4 actes, par Georges Ohnet (Gymnase), in-18 . . . . 2 »

Phryné, opéra comique en 2 actes, par Augé de Lassus (Opéra-Comique) in-18 . . . . 1 »

Pour un rien! saynète, par Jean Berleux . . . . 1 »

Qui ?... comédie en un acte, par Paul Bilhaud 1 50

Le Restaurant Beaufumet, comédie en un acte, par Eugène Cellier . . . . 1 »

Pour quand on est deux, recueil de comédies, par Colias. . 3 50

La Grande Marnière, drame en huit tableaux, par Georges Ohnet (Porte-Saint-Martin) . . . . 2 »

Pour casinoter, saynètes et monologues, par Félix Galipaux. 3 50

La Charbonnière, drame en 5 actes, par Hector Crémieux et P. Decourcelle . . . . 2 »

La Mégère apprivoisée, comédie en 4 actes, par Paul Delair . 3 50

Sourds-muets, drame en 1 acte, par Gaston Devore . . . . 1 »

Tentation, comédie en 1 acte, par Gaston Devore 1 50

Phryné, scène grecque, par Maurice Donnay (Chat-Noir) . . 1 50

Folle entreprise, comédie en 1 acte, par Maurice Donnay . 1 50

Les Surprises d'un célibataire, comédie en 1 acte, par Ernest Duchesne 1 50

Annabella, drame en cinq actes, par John Ford . . . . 2 »

Un Flirt, comédie en 1 acte, par H. de Fleurigny 1 50

Les Lâcheurs, pièce en 4 actes, par Édouard Franchetti. . 2 »

Les Dames du Plessis-Rouge, pièce en 5 actes et 6 tableaux, par Léon Gandillot. . . . 2 »

Une Femme facile, comédie en 1 acte, par Léon Gandillot . 1 50

Associés, comédie en 3 actes, par Léon Gandillot. . . . 3 50

Les Amants légitimes, comédie en 3 actes, par Ambroise Janvier et Marcel Ballot 3 50

Le Troisième Larron, comédie en 1 acte, par René Lafon . 1 50

Djelma, opéra en 3 actes, par Charles Lomon . . . . .

Au déclin, à-propos en 1 acte, par Jacques de Nittis. . . 1 50

Amoureuse, comédie en 3 actes, par Georges de Porto-Riche. 3 50

Les Pieds nickelés, un acte, par Tristan Bernard . . . . 2 »

Eden-party, scène biblique, par Jacques Redelsperger . . 1 »

Créanciers, tragi-comédie; *le Lien*, drame en 1 acte; *On ne joue pas avec le feu*, comédie en 1 acte, par Aug. Strindberg 3 50

Père, tragédie en 3 actes; *le Paria*, pièce en 1 acte, par Auguste Strindberg 3 50

Les Ricochets de l'amour, comédie en 3 actes, par Albin Valabrègue et M. Hennequin . . 2 »

36